William T. Preyer

Über die Ursache des Schlafes: Ein Vortrag gehalten in der ersten allgemeinen Sitzung der 49. Versammlung Deutscher Naturforscher und Aerzte in Hamburg am 18. September 1876

William T. Preyer

Über die Ursache des Schlafes: Ein Vortrag gehalten in der ersten allgemeinen Sitzung der 49. Versammlung Deutscher Naturforscher und Aerzte in Hamburg am 18. September 1876

Unveränderter Nachdruck der Originalausgabe von 1877.

1. Auflage 2024 | ISBN: 978-3-38635-136-2

Antigonos Verlag ist ein Imprint der Outlook Verlagsgesellschaft mbH.

Verlag: Outlook Verlag GmbH, Zeilweg 44, 60439 Frankfurt, Deutschland
Vertretungsberechtigt: E. Roepke, Zeilweg 44, 60439 Frankfurt, Deutschland
Druck: Libri Plureos GmbH, Friedensallee 273, 22763 Hamburg, Deutschland

ÜBER DIE
URSACHE DES SCHLAFES

EIN VORTRAG

gehalten in der ersten allgemeinen Sitzung der 49. Versammlung Deutscher Naturforscher und Aerzte in Hamburg am 18. September 1876

VON

W. PREYER

STUTTGART

VERLAG VON FERDINAND ENKE

1877

Vorwort.

Obwohl der wesentliche Inhalt dieses Vortrags noch
hypothetisch ist, habe ich doch der verschiedenseitigen Aufforderung, ihm durch den Druck eine weitere Verbreitung
zu verschaffen, Folge gegeben, weil auf diesem Gebiete nur
durch das Zusammenarbeiten Vieler genügendes factisches
Material beigebracht werden kann, um die aus physiologischen Ueberlegungen und Experimenten abgeleiteten Con-
sequenzen an der Erfahrung in der Praxis zu prüfen.

Die schriftliche Ausarbeitung der freien Rede wurde
dadurch bedeutend erleichtert, dass mir ein Stenogramm
des Tageblattes der Naturforscherversammlung zur Verfügung
stand, welches mit den hier eingeflochtenen Notizen das
Skelett einer künftigen grösseren Arbeit bildet.

Unter den vielen Räthseln des Daseins, an welche die
Menschheit sich wie an ein Selbstverständliches gewöhnt
hat, und deren Lösung dem Forscher auf unbestimmte Zeit
vertagt scheint, nimmt eine hervorragende Stelle ein das
periodische Schwinden der höheren Geistesthätigkeit, das
Problem vom Wechsel des Wachseins und Schlafens.

Seit Jahrtausenden wird daran gearbeitet. Aber soviele
Schriften die hypnologische Literatur umfasst, man findet,
dem Grundsatze Morgagni's beitretend, *non numerandae
sed perpendendae observationes,* eine erstaunlich geringe Aus-
beute an wirklich brauchbarem Material. Zwar liegen über
die Phänomenologie des menschlichen Schlafes einige Beobachtungen vor, und über den Winterschlaf mehrerer Thiere
sind interessante Experimente bereits angestellt, aber die
Hauptsache, die Aetiologie, ist so gut wie unbekannt.
Man hat sich diese Aufgabe dadurch wesentlich erschwert,
dass man kritiklos von Hippokrates an, die künstlich
durch allerlei Betäubungsmittel hervorgerufenen Narkosen,
asphyktische, soporöse, comatöse, somnolente, krankhafte
Zustände und auch den Scheintod von dem gesunden, periodischen, normalen, ich möchte sagen, physiologischen
Schlafe, nicht gehörig trennte. Der mythologische Irrthum,
welcher dem allbändigenden, Menschen und Götter beschlei-
chenden, in dem Berge der Vergessenheit ruhenden Endymion,
der Personification des Schlafes, des Sohnes der Nacht

und Zwillingsbruders des Todes, unter anderen Attributen auch den Mohn verlieh, hat sich Jahrhunderte hindurch in der medicinischen Wissenschaft erhalten. Wir wissen jetzt wohl, dass die Vergiftung mit Opium etwas ganz anderes ist, als der normale Schlaf, und müssen streng unterscheiden den natürlichen und den künstlichen Schlaf. Nur von den Ursachen des ersteren ist hier die Rede, und zwar nur mit Bezug auf höhere Thiere und den Menschen. Kaum lohnt sich aber die Mühe in der Unmasse unklarer Schriften über den normalen Schlaf, die vermeintlichen Ursachen desselben, die *causae proximae et remotiores*, kritisch zu sichten. Ich hebe nur Weniges heraus.

Aristoteles und Galen widersprechen einander und letzterer erklärt schliesslich unumwunden, er wisse nicht zu sagen, wodurch der Schlaf verursacht werde. Spätere, weniger ehrlich und weniger vorsichtig, stellten bis in die neueste Zeit die abenteuerlichsten Hypothesen auf. Bald soll das Einschlafen auf einer Austrocknung, bald wieder auf einer Ansammlung von Feuchtigkeit, ja sogar auf einer Veränderung der Milz, auf einer Zunahme, dann wieder Abnahme der Blutmenge im Gehirn, auf einer Compression des Gehirns, einem Collaps seiner Ventrikel beruhen. Einige setzen eine Anhäufung von Kohlensäure voraus, andere eine Erschöpfung der Nerven. Johannes Argenterius, der 1540 ein wortreiches Buch über Schlafen und Wachen schrieb, hält die Abnahme der »eingeborenen Wärme« für die Ursache des natürlichen Schlummers, was immerhin vernünftiger erscheint, als eine neuere Annahme, der Schlaf beruhe auf einem Erregungszustande des Grosshirns. Ihren Gipfelpunkt erreichte übrigens die physiologische Phantasie im Jahre 1818, als ein junger Arzt [1]) allen Ernstes die Ansicht zu begründen versuchte, dass das Einschlafen durch eine Explosion verursacht werde, indem die »positive und negative Elektricität des Gehirns« sich abgleichen sollen.

Wenn ich bei einer so grossen Anzahl von Hypothesen es unternehme, eine neue Ansicht über die Ursache des Schlafes aufzustellen, so glaube ich dazu berechtigt zu sein, weil von den vorhandenen nicht Eine sich des Beifalls competenter Richter erfreut. Keine der bisher ausgesprochenen Meinungen erklärt nämlich den Schlaf als Folgeerscheinung anderer bekannter Erscheinungen, sondern jede setzt etwas voraus, was völlig unbewiesen dasteht. Keine trägt auch den feststehenden Thatsachen genügend Rechnung.

Ich gehe von der alltäglichen Wahrnehmung aus, in Betreff derer alle, die über die Ursache des Schlafes geschrieben haben, einig zu sein scheinen, davon nämlich, dass sowohl körperliche wie geistige Ermüdung den natürlichen Schlaf zur natürlichen Folge hat. Dies kann in der That nicht geleugnet werden. Ermüdung der Sinnesorgane, namentlich des Auges und Ohres, Ermüdung der Muskeln, Ermüdung des Gehirns gehen dem Schlafe vorher. Und da die Sinneswerkzeuge die peripheren Endorgane sensorischer Nerven sind, die Muskeln als die peripheren Endorgane motorischer Nerven morphologisch und physiologisch gelten können, endlich die Ganglienzellen des Gehirns, an deren Bestand die geistige Arbeit gebunden ist, als centrale Endorgane von Nerven anzusehen sind, so kann man sagen: der physiologische Schlaf tritt dann ein, wenn Endorgane des Nervensystems ermüdet sind.

Meine Grundvoraussetzung verlangt nun, dass jeder beliebige geistige Process mit einem lebhaften Sauerstoffverbrauch seitens des Substrates im Gehirn verbunden sei. Keine Willensäusserung, keine Empfindung oder gar Wahrnehmung auf irgend welchem Sinnesgebiet, keine Leidenschaft, sei sie erst im Entstehen, gleichsam als glimmender Funke, sei sie zur Flamme schon angefacht, kurz keine einzige Manifestation der Gehirnthätigkeit kann zu Stande kommen, ohne dass der Sauerstoff, den das Blut in das

Gehirn bringt, von den Ganglienzellen verzehrt wird. Fehlt es der Ganglienzelle an Blutsauerstoff, dann erlöschen die Bewusstseinsthätigkeiten, die Aufmerksamkeit wird lahm, dann steht das Wollen und Denken still, wie im Schlafe. Finden jene psychischen Processe statt, dann fehlt es der Ganglienzelle an Sauerstoff nicht.

Dieser Satz ist durch directe Versuche noch nicht bewiesen, aber an sich von hoher Wahrscheinlichkeit und auf dem Wege bewiesen zu werden. Seine Wahrscheinlichkeit sprach unzweideutig zuerst, wie ich finde, Alexander von Humboldt im Jahre 1797 aus in einer sehr merkwürdigen Stelle seines berühmten Buches »Ueber die gereizte Muskel- und Nervenfaser nebst Vermuthungen über den chemischen Process des Lebens in der Thier- und Pflanzenwelt [2]),« wo er geradezu sagt, dass, wenn auch das Denken selbst weder ein chemischer Process, noch Folge mechanischer Erschütterung ist, es doch keineswegs unphilosophisch scheine, »fibröse Bewegung oder chemische Zersetzungen im Seelenorgane« gleichzeitig mit dem Denken anzunehmen, und dass während der »sensoriellen Kraftäusserungen« Sauerstoff absorbirt werde, beim Wachsein mehr als im Schlafe, denn bei angestrengtem Nachdenken ströme mehr Blut in das Gehirn, gerade wie bei der Muskelanstrengung die Muskelgefässe stärker gefüllt seien. Namentlich steigt eine »ungeheuere Masse« arteriellen, also sauerstoffreichen Blutes durch die Halsschlagadern in den Kopf, und kehrt venös, also sauerstoffarm daraus zum Herzen zurück. Der verschwundene Sauerstoff muss vom Gehirn zurückgehalten, d. h. zu Oxydationen verbraucht worden sein.

In der That geht aus Versuchen, die in meinem Laboratorium angestellt wurden, hervor, dass es, die Leber vielleicht ausgenommen, kein Gewebe im ganzen Organismus gibt, welches den rothen Blutkörperchen so rapide, wie das Hirngewebe, den Sauerstoff entzieht, so schnell die Dissociation des Sauerstoffhämoglobins herbeiführt, selbst bei niedriger Temperatur [3]). In dieser chemischen Beziehung verhält sich das Gehirn ähnlich dem Muskel. Denn auch dieser entzieht bekanntlich viel Sauerstoff dem durchströmenden Blute. Und ferner: wenn man die zu einer Drüse führenden, die den Muskel versorgenden Gefässe unterbindet, so stellt jene ihre secretorische Function ein, dieser seine Contractionen. Ebenso stellt das Gehirn seine Arbeit zum Theil ein, wenn die beiden Carotiden unterbunden oder comprimirt werden.

Auch ist bekannt, dass nach grossen Blutverlusten leicht Schlafsucht eintritt. Dass hierbei der Mangel an Sauerstoff es ist, welcher in erster Linie die Abnahme der Hirnthätigkeit, der sensorischen wie motorischen, bedingt, geht mit Wahrscheinlichkeit u. a. aus Experimenten hervor, bei denen ohne Unterbindung der Gefässe und ohne Aderlässe ähnliche Erscheinungen eintreten, wenn nur die Aufnahme des atmosphärischen Sauerstoffs in das Blut in den Lungen erschwert und sistirt wird, etwa durch Verdrängen desselben mittelst Kohlensäure und besonders, um giftige Nebenwirkungen auszuschliessen, mittelst Stickstoff, der so allmählich im künstlich geschlossenen Athmungsraum zunimmt, dass es zu keinem Krampf kommt, sondern nur Schlaf oder ein schlafähnlicher Zustand und Scheintod und, falls keine Hilfe erfolgt, der Tod eintritt.

Solche Versuche sind in den Jahren 1872 und 1873 in meinem Laboratorium ausgeführt worden [4]). Die Thiere athmen langsam und continuirlich zunehmende Mengen der sauerstoffverdrängenden Gase mit der Luft ein. Alle Reizungserscheinungen bleiben dann aus und die Gehirnfunctionen erlöschen ganz allmählich wie beim Einschlafen. Auch ist das Erwachen solcher Asphyktischer, wenn ihnen Sauerstoff wieder zugeführt wird, ein allmähliches, wie das physiologische Erwachen. So verschieden auch die Anlässe zur Unthätigkeit des Gehirns bei diesen Versuchen und beim natürlichen Schlafe sind: der allmähliche Eintritt derselben bei allmählicher Sauerstoffentziehung ist eine leicht zu constatirende Erscheinung in beiden Fällen.

Nach allem Diesem wird ein Zweifel gegen die Nothwendigkeit reichlicher Zufuhr des Blutsauerstoffs für die Inganghaltung der Gehirnthätigkeit im wachen Zustande schwerlich begründet werden können. Alle psychischen Processe, bei denen die Aufmerksamkeit betheiligt ist, erfordern feste chemische Bindung des Sauerstoffs, welchen das Blut in die Hirntheile bringt. Daher beim Mangel desselben, sei es durch Zufuhr sauerstoffarmen Blutes, sei es durch Zufuhr von zu wenig sauerstoffreichem Blute, Erlöschen der Aufmerksamkeit, Bewusstlosigkeit, Schlaf.

Hierdurch entsteht nun die Frage, ob etwa der natürliche periodische Schlaf auf dem ersteren Wege oder dem zweiten zu Stande kommt, ob also im Schlafe die Blut- und damit die Sauerstoffzufuhr zu den Ganglienzellen vermindert ist oder ob in sie nur weniger Sauerstoff gelangt, ohne Verminderung der Blutzufuhr. Da aber schlechterdings nicht angenommen werden kann, dass das zuströmende arterielle Blut im Schlafe weniger Sauerstoff enthält, als im wachen Zustande, so ist die Fragestellung vielmehr diese: Wird die für das Zustandekommen geistiger Processe erforderliche Sauerstoffmenge, welche das Blut in das Gehirn bringt, im Schlafe etwa anders verwendet, als beim Wachsein und wie? oder gelangt im Schlafe weniger Sauerstoff in das Gehirn, weil weniger Blut in dasselbe strömt, als während des Wachseins?

Diese Alternative wird gemeiniglich für nicht völlig erledigt erachtet, weil die Ergebnisse der Experimente einander zur Zeit noch zum Theil widersprechen sollen. Ich finde jedoch, dass die factischen Resultate der Versuche sich, soweit sie mir bekannt sind, in Einklang bringen lassen. Nur die Behauptungen stehen sich gegenüber. Einige Frühere, wie Marshall Hall und der grosse Haller und nach ihnen viele andere, meinten, das Gehirn sei während des Schlafes hyperämisch, die überfüllten Venen sollten dabei eine Compression desselben bedingen: andere dagegen, wie Blumenbach, treten für eine Abnahme der Blutmenge des Gehirns im Schlafe ein, und Durham (1860) sah bei trepanirten Thieren, denen Glasplättchen in die Schädelknochen eingekittet wurden, die Gehirnoberfläche blass werden, nachdem sie vorher roth gewesen. Er behauptet, im tiefen Schlafe trete keinenfalls Hyperämie, sondern Anämie durch Contraction der Arterien ein, und diese Verminderung der Blutmenge im Gehirn sei die Ursache des Schlafes. Somit hätte Blumenbach Recht und mit ihm Viele, die noch heute dasselbe aufrecht erhalten. In Wahrheit hat aber keine von beiden Parteien Recht. Die erstere hat nicht ein einziges Experiment zu ihren Gunsten anführen können; eine Zunahme der Blutfülle während des natürlichen Schlafes ist noch niemals constatirt, sondern immer nur behauptet worden. Die andere Partei beruft sich zwar auf mehrere schlagende Versuche, bei denen wirklich die kleinen Gefässe sich bis zum Verschwinden des Lumens verengten, aber soviel ich finde, beziehen sich alle diese Fälle nur auf künstlich durch Betäubung, z. B. mittelst Chloroform, oder pathologisch herbeigeführte schlafähnliche Zustände. Durham beobachtete chloroformirte Thiere. In dem aufgeklärten England gehörte damals wie jetzt viel Muth dazu, eine Vivisection ohne schmerzstillende Mittel anzustellen. Diejenigen Forscher, welche Trepanirte ohne solche Eingriffe und Anomalien untersuchten, sahen durchaus keine regelmässige Erweiterung oder Verengerung der Blutgefässe des Hirns und der Hirnhäute, sondern nur die schon von Realdo Colombo im 16. Jahrhundert entdeckten respiratorischen Hebungen und Senkungen des Gehirns und den Puls. Gute Experimente stellte namentlich

Roelen an, der 1849 in Bonn bei Nasse arbeitete [5]) und Valentin, welcher winterschlafende Murmelthiere, ohne dass sie wach wurden, trepaniren konnte und dann weckte [6]). Die Hirngefässe veränderten ihr Aussehen nicht. Es war wenigstens durchaus keine regelmässige Verengerung wahrzunehmen. Ueberhaupt nöthigen alle mir bekannten Erfahrungen über diesen Gegenstand dem beizupflichten, was schon Lenhossek aussprach, dass nämlich der natürliche gewöhnliche Schlaf weder auf einer Steigerung, noch auf einer Verminderung des Blutzuflusses zum Gehirn beruhen kann. Wohl aber können durch künstlich herbeigeführte Hyperämie und Anämie und damit entsprechende Zu- und Abnahme der Cerebrospinalflüssigkeit im Gehirn bewusstlose Zustände herbeigeführt werden. Um diese handelt es sich aber hier nicht. Man muss vielmehr bei Ermittlung der Ursache des natürlichen Schlafes davon ausgehen, dass während desselben weder erheblich mehr, noch weniger Hämoglobin-Sauerstoff durch die Arterien in das Gehirn gelangt.

Dann aber bleibt nach dem Vorigen nichts anderes übrig, als dass er eine andere Verwendung findet im Schlaf, als beim Wachsein, und es fragt sich welche?

Ich antworte, dass während des Wachseins von der Muskelfaser und der Ganglienzelle gewisse Stoffe erzeugt werden, welche im Ruhezustande nicht oder nur in minimaler Menge vorhanden sind, aber je grösser die Anstrengung und je intensiver die Sinnesthätigkeit waren, um so schneller entstehen, um so mehr sich anhäufen müssen; dass diese Producte der Muskel- und Gehirnthätigkeit, die Ermüdungsstoffe, leicht oxydabel sind, und wenn Reize fehlen, den Sauerstoff an sich reissen, und sich selbst damit oxydiren. Dieses, behaupte ich, geschieht im Schlaf. Ist die Oxydation und damit Beseitigung der Ermüdungsstoffe weit fortgeschritten, so genügen schon schwache Reize, den Blutsauerstoff der Ganglienzelle wieder zuzuwenden: man erwacht. Häufen jene

Stoffe während des Wachseins sich wieder an, so nimmt die Erregbarkeit ab, die Bewusstseinsschwelle steigt, es tritt Ermüdung und Schlaf ein, wenn nicht starke Reize den Sauerstoff verhindern die Ermüdungsstoffe zu oxydiren, indem sie ihn selbst benöthigen. Denn im wachen Zustande ist es eben dieser Sauerstoff, welcher für die Inganghaltung der willkürlichen Muskelaction, wie der psychischen Vorgänge verbraucht wird. Das ist die Grundlinie der neuen Theorie. Es ist also zunächst darzuthun, dass wirklich solche Körper wie die Ermüdungsstoffe sich bilden und anhäufen, dann dass sie einschläfernd wirken. Ersteres ist bereits seit Jahren bewiesen. Letzteres habe ich selbst experimentell festgestellt.

Berzelius hat schon 1807 im todten Muskel eine Säure, die Fleischsäure oder Fleischmilchsäure, entdeckt und 1841 in dem Fleische gehetzten Wildes davon mehr, in den Muskeln gelähmter Extremitäten weniger gefunden, als in denen gesunder Thiere. 1850 stellte E. du Bois-Reymond in einer berühmten Arbeit die Reaction der lebenden Muskeln fest. Er fand sie neutral zum Alkalischen neigend, wenn sie ruhten, sauer, wenn sie tetanisirt wurden. Inzwischen hatte Liebig mehr Kreatin im Fleische lebhafter wilder Thiere gefunden, als in dem ruhender, zahmer, und Helmholtz im Jahre 1845 ermittelt, dass der tetanisirte Muskel mehr in Weingeist lösliche Stoffe und weniger in Wasser lösliche enthält, als der ruhende. Hiermit war die Grundlage der Myochemie geschaffen: während der Muskelcontraction finden chemische Processe statt, bei denen gewisse Verbindungen auf Kosten anderer erzeugt werden. Johannes Ranke bestätigte und erweiterte diese Entdeckungen, indem er bewies, dass der Muskel während seiner Thätigkeit die Producte seines Stoffwechsels in sich aufhäuft, namentlich Milchsäure und Kreatin. Und Milchsäure ist im gesunden, ruhenden, lebenden Muskel überhaupt nicht vorhanden.

Man hat bekanntlich auch auf ganz anderem Wege
nachzuweisen versucht, dass bei der Arbeit solche chemische
Umsetzungen stattfinden. Von vielen Forschern ist darge-
than worden, dass die Ausscheidungen des Körpers nach
angestrengter Muskelarbeit andere sind, als in der Ruhe.
So lebhaft der Streit darüber sich gestaltet hat, welche
Aenderungen eintreten, dass überhaupt Aenderungen eintreten, kann nicht bestritten werden; wenigstens ist die
Steigerung der Kohlensäureausathmung durch die Lungen
bei der Arbeit nicht zu leugnen.

Endlich hat schon im Jahre 1858 Claude Bernard
hervorgehoben, was später von mehreren durch quantitative
Bestimmungen erhärtet wurde, namentlich zuerst von Lud-
wig und Sczelkow, dass der arbeitende Muskel an das ihn
durchströmende Blut mehr Kohlensäure abgibt, und ihm
mehr Sauerstoff entzieht, als der ruhende.

Also ist ein Zweifel darüber unzulässig, dass im wachen
thätigen Zustande in den bluthaltigen Muskeln lebhaftere
chemische Zersetzungsprocesse stattfinden, als in der Ruhe;
somit wird in der grössten Ruhe, d. h. während des Schlafes,
eine Beseitigung solcher Substanzen, wie sie während der
Thätigkeit erzeugt werden, durch Oxydation wohl stattfinden
können. Dieselben werden jedenfalls, wenn sie vor Eintritt
der Ruhe angehäuft waren, in derselben abnehmen müssen.

Nicht ganz so sicher, aber im höchsten Grade wahrscheinlich ist es, dass für die nervösen Centralorgane dasselbe gilt, und vielleicht auch für die peripheren Nerven.
Zwar wird über eine Säurebildung peripherer Nerven bei
ihrer Thätigkeit noch gestritten — und auch meine eigenen
Beobachtungen lassen es zweifelhaft, ob der lebende Nerven-
inhalt sauer reagiren kann — es handelt sich aber hier
nicht um die Nerven in ihrem Verlauf, sondern um die End-
apparate derselben, und da fällt abermals eine von E. du
Bois-Reymond entdeckte Thatsache, nämlich das Um-

schlagen der neutralen Reaction frischer elektrischer Organe beim Zitterwels in die saure, nach der Erschöpfung beim Sterben des Thieres, schwer in's Gewicht. Die Hauptsache aber ist, dass das Gehirn und Rückenmark, vor allem die graue Substanz des Grosshirns, also die Ganglienzellen, und auch die Sympathicusganglien nach den Beobachtungen von Gscheidlen nicht nur sauer reagiren, sondern eine fixe Säure enthalten — die höchst wahrscheinlich Milchsäure ist — wenn sie zur Untersuchung gelangen, d. h. nachdem sie gelebt haben, also thätig gewesen sind. Freilich widersprechen sich noch die Versuche darüber, ob eine Zunahme der Säurebildung in der Ganglienzelle, wenn diese von der Ruhe zur Thätigkeit übergeht, wenn also das Gehirn erwacht, stattfindet oder nicht. Man müsste zu diesem Behufe nicht elektrisch tetanisiren, sondern die verschiedensten Hirntheile bei trepanirten Thieren, während sie schlafen und wachen, auf ihre Reaction untersuchen, was ausführbar ist. Nur der Mangel an Versuchsthieren hat mich verhindert, solche Experimente anzustellen. Einstweilen verhält es sich bezüglich der Frage nach der Nervenreaction, wenn man die Gesammtheit der vorliegenden, einander widersprechenden Angaben verwerthet, so, dass eine Säurebildung sowohl in dem sich leicht mit Carmin tingirenden Axencylinder peripherer Nerven, wie in der grauen Substanz des Gehirns beim Absterben wahrscheinlich, bei der Ermüdung möglich ist.

Was von anderer Seite beigebracht wurde, um eine Psychochemie zu begründen, indem man prüfte, wie nach anhaltender geistiger Anstrengung die Ausscheidungen des Körpers sich verändern, ist wenig werth. Es wurde nach gesteigerter Hirnthätigkeit beim Menschen die Menge der ausgeschiedenen Phosphorsäure und Schwefelsäure vermehrt gefunden. Aber diese Angaben sind nicht bestätigt worden und überhaupt derartige Befunde sämmtlich zweifelhaft. Auch handelt es sich im vorliegenden Falle zunächst nicht darum, wie bei ungewöhnlich gesteigerter Geistesarbeit der Stoffwechsel des Gehirns sich verändert, sondern nur darum, ob er im gewöhnlichen wachen Zustande ein anderer, als im Schlafe ist. Und dieses wird nach Allem, was sonst vom Chemismus fungirender und ruhender Organe bekannt ist, allerdings angenommen werden müssen. Ein factischer Beweis aber für die Nothwendigkeit gesteigerter chemischer Processe bei gesteigerten psychischen Vorgängen ist bis zur Stunde nicht geliefert. Denn so wahr es ist, dass im Gehirn chemische Umsetzungen stattfinden müssen, weil das arterielle Blut auch im Gehirn venös wird, so ist doch nicht zu vergessen, dass im Schlafe so gut wie beim Wachsein die das Blut aus dem Hirn wegführenden Venen eben nur venöses Blut enthalten. Gerade hierin liegt jedoch ein guter Anhaltspunkt für die Untersuchung, da man noch nicht weiss, ob das Blut der Jugularvenen nach dem Schlafe andere Producte, als nach anhaltender Thätigkeit der Sinnesorgane enthält, oder vielleicht im ersteren Falle quantitativ anders zusammengesetzt ist, als im letzteren. Es mag die Behauptung gewagt klingen, dass in der Nacht, wenn das Gehirn relativ ruht, jenes Venenblut in Bezug auf seinen Wassergehalt, seinen Gasgehalt, seine »Extractivstoffe« andere Zahlen dem Analytiker liefern wird, als bei Tage, wenn das Gehirn arbeitet. Was aber für das Muskelblut gilt, kann auch für das Hirnblut gelten.

In jedem Falle ist es wahrscheinlich, dass bei der Thätigkeit der Sinne und des Willens die Energie der oxydativen chemischen Zersetzung centraler Ganglienzellen die bei Sinnesruhe und Willensruhe (im Schlafe) weit übertrifft.

Nimmt nun die Dauer oder Intensität einer Anstrengung, sei es der Muskeln, sei es des Gehirns zu, so wird bekanntermaassen durch Ermüdung die Arbeit unterbrochen. Und wenn die höchste Anstrengung vorherging, kann sie sogleich einen festen Schlaf zur Folge haben, welcher z. B. nach

Beendigung einer stundenlangen Schwimmfahrt oder nach einem Dauerlauf mit höchster Anspannung der Kräfte ebenso momentan nach Erreichung des Zieles eintreten kann, wie nach einer vielstündigen angestrengten Speculation über einen einzigen Gegenstand, bei vollkommener Muskelruhe. Hier ist dann, meine ich, einerseits in der Muskelfaser, andererseits in der Ganglienzelle, die Bildung der Ermüdungsstoffe sehr schnell, ihre sauerstoffanziehende Wirkung maximal. Dem Gehirn wird plötzlich der zum Wachsein nothwendige Sauerstoff entzogen. Denn so fasse ich die von Johannes Ranke über die Wirkung der bei der Thätigkeit der Muskeln erzeugten Stoffe auf diese selbst und die Nerven auf. Durch viele Versuche stellte er fest, dass jene Stoffe, die beim Muskeltetanus sich bilden, einem frischen, unverletzten Muskel wieder einverleibt, ihn leistungsunfähig machen, ihn ermüden. Namentlich die Milchsäure und das Kreatin, nicht die Kohlensäure, erwiesen sich als solche »ermüdende Stoffe«. Durch Auswaschen derselben mit indifferenten Flüssigkeiten wurde die Leistungsfähigkeit wieder hergestellt oder wenigstens die Ermüdung zum grossen Theil beseitigt. Der Muskel könnte dann wieder Arbeit leisten, d. h. Gewichte heben, die er während der künstlichen Ermüdung nicht zu heben vermochte. Dabei sank die Erregbarkeit nach einer vorübergehenden Erhöhung, wie es bei der natürlichen Muskelermüdung beobachtet wird. Die Schlussfolgerung ist daher vollkommen berechtigt, dass auch im gewöhnlichen Leben die Ermüdung der Muskeln zu Stande kommt durch Anhäufung jener Producte des während der Arbeit gesteigerten Muskelstoffwechsels, und dass während der Ruhe der Blutstrom dieselben nach und nach auswäscht, und der Blutsauerstoff sie nach und nach verbrennt.

Aehnliches muss auch für die Nervenermüdung gelten.

Hier ist aber streng zu scheiden das Verhalten der peripheren Nerven von dem der nervösen Centralorgane. Die ersteren werden von den Muskelermüdern, Milchsäure und Kreatin, nicht wie Muskeln afficirt, vielmehr ihre Erregbarkeit erhöht, wie Ranke gezeigt hat. Anders die Centralorgane. Diese können sehr wohl, wie derselbe Beobachter schon hervorhob, secundär durch die ermüdenden Stoffe der Muskeln in Mitleidenschaft gezogen werden, da die graue Substanz mehr Wasser, als das Blut enthält, und dieses bei der Muskelarbeit nachgewiesenermaassen concentrirter und weniger alkalisch wird. Man kann sich in der That vorstellen, dass die geistige Ermüdung und damit Schläfrigkeit nach gesteigerter Muskelaction wesentlich durch die Ablagerung der Muskelproducte im Gehirn bedingt sei, welche den Sauerstoff in Beschlag nehmen.

Die andere Art der Schläfrigkeit, welche aber im gewöhnlichen Leben ungleich seltener vorkommt, die nach gesteigerter geistiger Anstrengung eintretende, würde dann auf einer Anhäufung der im Gehirn selbst entstehenden Thätigkeitsproducte, darunter namentlich Milchsäure, beruhen.

Aber in doppelter Hinsicht ist dieses noch durch weitere Untersuchungen klar zu legen. Denn bewiesen ist noch nicht, dass die Ganglienzelle im wachen Zustande mehr Säure bildet, als im Schlafe [3]) — es ist nur wahrscheinlich — und nicht bewiesen ist, dass die Ermüdungsstoffe auf das Gehirn ermüdend dadurch wirken, dass sie den für den Ablauf psychischer Vorgänge, den für die Verwerthung der Reize, den für die psychophysische Bewegung nothwendigen Sauerstoff des Blutes an sich reissen. Doch auch dieses ist wahrscheinlich. Wenigstens stimmen sämmtliche Erfahrungen über das Eintreten des natürlichen Schlafes bei Gesunden Abends und bei Tage, nach reichlicher Nahrungsaufnahme, seine Periodicität, seine ungleiche Tiefe und Dauer vortrefflich mit jener Auffassung zusammen, zu der auch alle meine Versuche passen.

Geht man davon aus, wie ich es thue, dass ein Willensimpuls nur dann zu Stande kommt, dass jeder Sinnesreiz nur dann von einer Empfindung begleitet ist, wenn die centrale Ganglienzelle dem Blute ein gewisses Quantum Sauerstoff entnehmen kann, so wird die Ansicht plausibel. Denn die intermediären Producte der Muskel- und Gehirnthätigkeit sind viel leichter oxydirbar, als die stickstoffreichen Substanzen im Innern der lebendigen Zelle, welche erst zerfallen müssen, um leicht oxydable Körper zu geben. Das Zerfallen tritt während der Thätigkeit, wenn viele und starke Reize einwirken, d. h. im wachen Zustande, ein und bedarf des Sauerstoffs in reichem Maasse; während des Schlafes aber, wenn die Reize fehlen, findet der Blutsauerstoff grossentheils eine andere Verwendung, als beim Wachsein. Bei Tage oxydirt er sauerstoffarme Verbindungen in den Muskelfasern, im Parenchym der verschiedenartigsten Organe, in der Ganglienzelle, und hilft dadurch die schon merklich sauerstoffreicheren Ermüdungsstoffe erzeugen. Bei Nacht sind es eben diese ermüdenden Stoffe, die ihn vorzugsweise in Beschlag nehmen, so dass die psychischen Processe und willkürlichen Muskelbewegungen still stehen. Im wachen Zustande bei Tage wird die vollständige Verbrennung der Ermüdungsstoffe wesentlich durch den immer erneuerten Anprall der Reize, die das Leben mit sich führt, verhindert, und der Zerfall der Albumine hervorgerufen. Fehlen die Reize, so tritt die zweite Art der Sauerstoffbindung und damit Schlaf ein. So ist das periodische Wechseln von Schlaf und Wachsein begreiflich gemacht, die Begünstigung des ersteren durch Ruhe, Dunkelheit, Stille erklärlich. Die Tiefe und Dauer des Schlafes hängt ab von der Menge der aufgehäuften Ermüdungsstoffe bei ungestörter Sauerstoffzufuhr in das Hirn und in die Muskeln, wie in die übrigen

Organe. Auch dass man bei Tage durch Nichtsthun und Abwehr der Gedanken, dass man bei monotonen Schallwahrnehmungen leicht einschläft, wird begreiflich, wenn man erwägt, dass jederzeit ein gewisses Quantum ermüdender Stoffe im Organismus sich angehäuft finden muss, die, so lange die Reize einwirken, zunehmen, wenn die mit Sauerstoffzehrung verbundenen Reizwirkungen aber aufhören, oder bis zur hochgradigen Ermüdung, d. h. Erschöpfung gesteigert werden, ihrerseits den Sauerstoff des Blutes für sich in Beschlag nehmen. Dabei werden die anhaltende Spannung der Aufmerksamkeit, auch ohne äussere Reize, und die übertriebene Muskelbewegung, die Ermüdung des Willens, wie sie der Forscher am Instrument und der Marode beim Marsche erlebt, welche in ihren Endwirkungen ähnlich sind, auch physiologisch in ihren Erstwirkungen einander nahe gerückt.

Was aber den von früheren Autoren vielfach discutirten Mittagsschlaf, die *Meridiatio,* betrifft, so ist bei ihm zweierlei ursächlich in Betracht zu nehmen. Wenn die Verdauung im Gang ist, enthalten die Verdauungsorgane mehr, demnach das Gehirn jedenfalls normal weniger Blut als sonst. Es kann also durch Verminderung der Menge des zum Gehirn gehenden Blutes, somit auch Blutsauerstoffs, der Schlummer der Siesta schon bedingt sein, welcher auch subjectiv anders beschaffen ist als der Nachtschlaf, und keinesfalls, wie Einige früher meinten, durch eine Stauung des Blutes in den Gehirngefässen durch Druck des Magens auf die Aorta und deren Aeste, zu Stande kommt. Enthielt jedoch die Nahrung sehr viele Substanzen, aus denen sich leicht oxydirbare Körper ähnlich den Ermüdungsstoffen, oder mit ihnen identisch, schnell sich bilden können, so werden diese, die zum Theile schon von den Blutcapillaren des Magens resorbirt werden, vorzüglich im Gehirn sich ablagern und dort den Blutsauerstoff für sich in Anspruch nehmen. Daher das *non studet libenter* des Gesättigten. Es scheint mir im Grossen und Ganzen die Neigung zum Mittagsschlaf grösser bei südlichen Völkern, die vorwiegend pflanzliche Nahrung geniessen, als bei Nordländern, die mehr Fleisch zu sich nehmen, im Sommer grösser, als im Winter.

Die Hitze wirkt erschlaffend, sie fordert zur Ruhe auf, zur Vermeidung starker Reize, sie verscheucht ernste Gedanken; sie begünstigt daher die Ableitung des Sauerstoffs von dem Substrate der sensorischen und motorischen Functionen, und damit die Verwendung desselben zur Verbrennung der immer vorhandenen, gewissermaassen rückständigen Ermüdungsstoffe, d. h. das Schlummern und die Trägheit, zumal der Wärmeverlust des Körpers ein geringerer, die Arbeitsleistung herabgesetzt ist. Dagegen wirkt grosse Kälte vielleicht nur dadurch hypnotisch, dass eine Verengerung der Hautgefässe, ein zu grosser Wärmeverlust, und Verengerung der Hirngefässe stattfindet, indem allein schon zur Erwärmung der eingeathmeten Luft so viel Körperwärme verbraucht wird, dass die sonst für das Wachsein unerlässliche Blutmenge den Ganglienzellen nicht mehr zur Disposition steht, es sei denn, dass künstliche starke Reize sie ihnen zuwenden. Jedenfalls handelt es sich beim Schlaf durch grosse Wärme, wie bei dem durch grosse Kälte, um andere Zustände, als beim natürlichen periodischen Schlafe, dem eine Anhäufung von Ermüdungsstoffen unmittelbar vorhergeht.

Für diesen kommt es nun darauf an, zu zeigen, dass die letzteren nicht nur Ermüdung, sondern beim unermüdeten Organismus eine solche Steigerung der Ermüdung herbeiführen können, dass Schläfrigkeit und Schlaf eintritt.

Die hundertfältig bewiesene Thatsache, dass leicht diffundirende Stoffe in der Nahrung, wie Alkohol, Opium und viele andere Gifte, vom Magen aus schnell resorbirt, zuerst ihre Wirkungen auf das Gehirn ausüben, machte es mir wahrscheinlich, dass leicht diffundirende, ermüdende Stoffe, wie sie der Organismus selbst erzeugt, nach künstlicher Einführung in geeigneten Verbindungen und Lösungen auch eine künstliche Ermüdung und dann Schläfrigkeit und Schlaf herbeiführen könnten.

Ich habe daher an möglichst verschiedenartigen kaltblütigen und warmblütigen Thieren solche Versuche zunächst mit Milchsäure angestellt, als dem in erster Linie in Betracht kommenden Producte der Muskelaction, dem Ermüdungsstoff, welcher sowohl von den Muskeln wie vom Gehirn erzeugt wird und in beiden sich anhäuft.

Das Hauptergebniss dieser sehr zahlreichen Experimente ist gewesen, dass allerdings in vielen Fällen Ermüdung, Arbeitsunlust, Schlaffheit, Schläfrigkeit und auch ein dem natürlichen Schlafe durchaus ähnlicher oder mit ihm identischer Zustand eintritt, nachdem Milchsäure oder milchsaures Natron in grösseren Mengen in den Magen oder — bei vielen Thieren — unter die Haut gebracht worden ist, vorausgesetzt, dass starke Sinnesreize ferngehalten werden. Auch dann tritt in vielen Fällen Gähnen, Schläfrigkeit und Schlaf ein, wenn nicht die Milchsäure als solche oder nicht fertige Lactate eingeführt werden, sondern nur die Bedingungen für deren reichliche Bildung gegeben sind, so nach ausgiebiger Einfuhr von Kohlehydraten.

In allen Fällen, wo nach Einverleibung der Milchsäure oder des Natriumlactats Schlaf eintrat, fand ich die Athemzüge ein wenig vertieft und ihre Frequenz etwas vermindert, die Reflexerregbarkeit normal, nur nach grossen Gaben herabgesetzt, bei Warmblütern die Körpertemperatur nach sehr grossen Gaben vermindert. Kleine Thiere, wie Mäuse und Schwalben und andere kleine Vögel, können sogar während des Schlafes in kurzer Frist durch subcutane Injection um mehrere Grade abgekühlt werden, auch wenn die injicirte Lösung von der Eigenwärme des Thieres war. Grössere

Individuen dagegen vertragen enorme Quantitäten, ohne den geringsten Nachtheil.

Der Schlaf ist bei Thieren von dem natürlichen nicht zu unterscheiden, namentlich die Reflexerregbarkeit vorhanden. Beim Einschlafen benehmen sie sich wie Schlaftrunkene, machen öfters ergötzliche Versuche wach zu bleiben; beim Wecken wie Erwachende, taumeln bisweilen, ermuntern sich aber meistens in wenigen Augenblicken und nehmen gern Nahrung und Wasser zu sich. Wenn man sie aber in ruhigen matt erleuchteten Räumen sich selbst überlässt, schlafen sie leicht wieder ein, um später ganz munter zu erwachen.

Zu solchen Versuchen ist es nothwendig, gleich alte gleichartige Thiere von derselben Mutter zu verwenden und bald das eine, bald das andere als Controlthier zu benutzen.

Man muss dafür sorgen, dass die Beleuchtung nicht stark sei, dass kein Geräusch in der Nähe stattfinde und keine Erschütterung. Das Fernhalten der Reize ist von fundamentaler Wichtigkeit für das Gelingen dieser Experimente. Auch muss man dieselben über grosse Zeiträume ausdehnen, da manche Thiere, wenn sie nicht beschäftigt sind, von selbst einzuschlafen pflegen. Wenn ich nun möglichst alle Fehlerquellen in Betracht ziehe, bleibt das Resultat übrig, dass in sehr vielen Fällen, in denen ich die verschiedenartigsten Thiere, Säugethiere, Vögel und Amphibien, in der beschriebenen Weise behandelte, diese Thiere dieselben Erscheinungen zeigten, wie schlafende Thiere, ohne die geringsten störenden Nebenwirkungen.

Dies ermuthigte zur Ausdehnung der Versuche auf Menschen. Ich begann mit mir selbst. Ich habe unzweifelhaft nach Einführung von milchsaurem Natron nicht nur ein starkes Ermüdungsgefühl, zumal Unlust zu arbeiten, zu gehen, zu denken, sondern auch eine beinahe unüberwindliche Schlaflust herbeigeführt. Ja, regelmässig nach reichlichem Genusse geronnener Milch tritt bei mir Schläfrigkeit ein. Und diese Thatsache ist es sogar, die vor Jahren mich zur Untersuchung der Bedingungen des Schlafes anregte.

Leider ist aber der Erfolg nicht constant, weder bei Thieren, noch bei Menschen. Bei einigen bleibt jede hypnotische Wirkung aus, die Versuchsindividuen verhalten sich nur ruhig. Und überhaupt zeigen sich bemerkenswerthe Verschiedenheiten bezüglich der Zeit des Eintritts, der Dauer und der Intensität des Schlafes, ohne dass ich bis jetzt im Stande wäre, diejenigen individuellen Unterschiede namhaft zu machen, auf welche es dabei ankommt.

Ich sprach daher im Sommer des vorigen Jahres öffentlich den Wunsch aus, in grösserem Umfange an Menschen mit den Ermüdungsstoffen, besonders Milchsäure und Milchsäure bildenden Substanzen, Versuche anzustellen [9]). Namentlich schienen mir solche Fälle von Agrypnie dazu geeignet, in welchen die Kranken nicht durch fortwährende Schmerzen erregt werden, in welchen die Nothwendigkeit ruhig zu bleiben und die Unthunlichkeit geistiger Anstrengung eine normale Ermüdung nicht zu Stande kommen lassen, in denen endlich narkotische oder andere giftige Hypnotica, wie Morphium oder Chloralhydrat, nur um Schlaf herbeizuführen, in steigender Dosis zum Schaden des Nervensystems verordnet werden. Auch machte ich darauf aufmerksam, dass bei gewissen Geisteskrankheiten, besonders mit gesteigerter motorischer Thätigkeit und Aufregung, die Herbeiführung künstlicher Ermüdung durch Milchsäure und Lactate zu versuchen sei.

Auf diese Aufforderung hin sind mir trotz der kurzen Experimentirzeit von kaum einem Jahre, nicht wenige briefliche und gedruckte Mittheilungen über die Wirkungen der Milchsäure zugekommen. Und ich spreche hiermit öffentlich den inländischen und ausländischen Aerzten, die mich durch solche Zusendungen erfreut haben, meinen wärmsten Dank aus, in der Hoffnung, durch ihre weitere Unterstützung den auffallenden individuellen Verschiedenheiten der Milchsäurewirkung auf die Spur zu kommen. Auch bei einigen Giften, von denen man annimmt, dass sie vorzugsweise auf die Rindensubstanz des Grosshirns wirken, namentlich Morphium, Haschisch und Chloral, ist bekanntlich solche individuelle Wirkungslosigkeit häufig.

Die bis jetzt vorliegenden Arbeiten, namentlich von Lothar Meyer und E. Mendel [10]) in Berlin, von Jerusalimsky [11]) in Moskau, von Laufenauer [12]) in Pest, sowie die Versuche von Bergmann, v. Böttcher, Biberbach in Jena [13]), so werthvoll sie auch sind, weil sie die schlafmachende und beruhigende Wirkung der Milchsäure in vielen verzweifelten Fällen sicher zu stellen scheinen, können doch noch nicht im Einzelnen physiologisch verwerthet werden, weil trotz der methodischen und systematischen Verordnung der Lactate und ihrer Säure, die Casuistik noch lange nicht umfangreich genug ist. Ich bin jedoch durch die unzweifelhaften jetzt schon erzielten Erfolge so sehr von der Richtigkeit der vorgetragenen Theorie des Schlafes überzeugt worden, es ist die Einverleibung grosser Mengen der Ermüdungsstoffe so unschädlich, wie auch die Gegner zugeben [14]) müssen, und die Hoffnung, dadurch Tausenden gefahrlos die schlaflosen Nächte zu kürzen, so berechtigt, dass dagegen die Versuche mit völlig negativem Ergebniss, deren Zahl bis jetzt wenigstens eine verhältnissmässig kleine ist, nicht allzu schwer in's Gewicht fallen und vielmehr geeignet sind, die Frage nach Fehlern der Anwendung oder der Präparate [15]) oder Besonderheiten der Versuchsindividuen zu begründen, als die theoretische Grundlage zu erschüttern.

Allerdings fehlt, wie ich schon vorhin erwähnte, noch der Nachweis, dass in denjenigen Fällen, wo die Ermüdungsstoffe Schlaf bedingen, dieser durch Abziehung des Sauerstoffs von dem Substrate der bewussten geistigen Vorgänge zu Stande kommt, indem er jene Stoffe selbst oxydirt. Aber vorderhand ist ein Weg, diese Hypothese zu beweisen, nicht auffindbar gewesen. Noch ist sie kaum mehr als eine These, aber eine These, mit der alle Beobachtungen übereinstimmen.

Von der grössten Bedeutung wären namentlich ausgedehntere Versuchsreihen in Irrenhäusern. Wenn bei frischen Fällen in aufgeregten Zuständen die Ganglienzellen des Intellects übermässig thätig und durch irgendwelche chemische Anomalie oder Ernährungsstörung des Gehirns, ohne anatomische Läsion oder pathologische Formänderung, erkrankt sind, so kann man sich wohl vorstellen, dass der Blutsauerstoff, anstatt die gebildeten Ermüdungsstoffe zu oxydiren, die Substanz des Substrates der psychophysischen Bewegung selbst zu stark oxydirt, sowie dass die normalen Ermüdungsstoffe nicht gebildet werden, und dass durch Ablenkung des Sauerstoffs auf grössere Mengen künstlich eingeführter Producte der Hirnthätigkeit, namentlich Milchsäure, Beruhigung, Besserung, ja sogar Heilung gewisser psychopathischer Zustände herbeigeführt werde. Die übermässig angestrengte Ganglienkugel erholt sich während der Oxydation des eingeführten Plus ihrer eigenen Thätigkeitsproducte [16]).

Mir scheint nur durch das Zusammenarbeiten der Pathologie, und namentlich der Psychiatrie, mit der Experimentalphysiologie möglich, Fragen wie diese zu beantworten. Es ist nicht zu viel gesagt, wenn ich hinzufüge, dass die chemische Untersuchung der einzelnen Hirntheile und ihres Blutes mehr Aufschluss über die Bedingungen des geistigen Lebens verspricht, als die anatomische. Gerade an die Ermittlung der Verschiedenheit des Chemismus der thätigen, wachen und ruhenden, schlafenden Gehirnsubstanz knüpfen die höchsten Probleme allgemeinsten Interesses unmittelbar an. Allein so wird sich — um zum Schlusse nur Einzelnes hervorzuheben — finden lassen, warum wir nicht nach

Belieben immer wach sein, oder immerzu schlafen, wochenlang im Voraus schlafen, wochenlang wachen können. Es
ist sogar durch das Vorgetragene eine Antwort angebahnt.
Nur durch sorgfältige Untersuchung des physischen Schlaf-
zustandes kann der schwer fassbare Unterschied von Traum
und Wirklichkeit erkannt werden, oder ich sollte sagen,
der verschiedene Werth der Wirklichkeit, denn auch die
geträumten Empfindungen sind etwas Wirkliches.

Da im Schlafe die willkürlichen Bewegungen fehlen,
nicht aber die Reflexe, so sind Schlafende ein vorzügliches
Object, um zu ermitteln, wodurch eigentlich unwillkürliche
Bewegungen von willkürlichen sich unterscheiden. Und es
ist auffallend genug und tadelnswerth, dass die Physiologie
sich zu ihren Versuchen dieses Objectes nicht in ausgedehn-
terem Maasse bedient. Die sogenannte Willensfreiheit fehlt
im Schlaf der Bewegung und doch schwingt sich der Träu-
mende- hoch empor, und fliegt ohne Flügel lachend über die
Erde hinweg. Auch diese Erscheinungen des Bewusstseins
können erklärt werden, wenn die Bedingungen des Bewusstseins besser erkannt sind, obgleich es Einzelne leugnen.

Gerade die Physiologie des Träumens und Schlafens
verspricht am meisten zur Erforschung des Bewusstseins
beizutragen. Nur darf man natürlich nicht von vornherein
die Erscheinungen des Bewusstseins überhaupt für unerklär-
bar halten.

Ich kann mir nicht versagen, an dieser Stelle es aus-
zusprechen, dass nie irgend Einer, und sei es der Edelste
und Grösste, ungestraft die Wissenschaft irgendwo durch
einen Machtspruch zu verbarricadiren versucht hat. Und
wenn es eine kleine Partei geben sollte, die gerade hier
von einem künstlichen und einseitigen Standpuncte aus,
nämlich dem atomistischen, ihr singulares, bescheidenes
Nichtwissen in der Naturwissenschaft zu einem Plural für
alle Zukunft steigern möchte, so wird jederzeit die unbefangene

Mehrheit aller denkenden Menschen sich eine solche Ver-
sperrung der freien Forschungsbahn nicht gefallen lassen.
Die sich entwickelnde Wissenschaft schreitet über das Hin-
derniss hinweg wie ein Koloss, alles entgegengestellte Pygmäen-
werk zertretend. Freilich kann der eine gewaltige Schritt
wohl ein Jahrhundert dauern. Aber schliesslich wird er
gethan: es muss auch auf dem Gebiete der Bewusstseins-
wissenschaft, zumal der Lehre vom Träumen und Schlafen,
dieser Zufluchtstätte mystischer und spiritistischer Irr-
lehren, wo Somnambulismus und Mesmerismus heute wieder
ihr schwindelhaftes Spiel treiben, und wo, aber glücklicher-
weise nur im Ausland, auch tüchtige Männer der Wissenschaft ihre Besonnenheit verloren und in den sinnlosen
Strudel hineingerissen wurden, wo die physiologische Messung
und Zählung noch nicht hindrang [17]), schliesslich die Phantasie dem Experiment, der Wunderglaube der Vernunft den
Kampfplatz räumen. Denn in all dem Schwanken und
Fliessen, dem Hinab und Empor, dem Vorwärts und Zurück,
dem Irren und Zweifeln, Lernen und Vergessen der flüch-
tigen Monaden im Strome der Wissenschaft, die man Individuen nennt, bleibt immerdar fest unerschütterlich die
Säule der menschlichen Vernunft, welche die Welt trägt.
Und mag alles andere Traum sein: diese ist kein Traum.

— —

Anmerkungen.

[1] Johann Ziehl aus Nürnberg schrieb in seiner Inauguralabhandlung *De somno* (Erlangen 1818): *At si duae electricitates nimis accumulantur explosio fit, quam acquilibrium sequitur, et in homine somnus*, und sucht in wunderlicher Weise dies zu begründen. Die Arbeit, welche den früheren mechanischen, vitalistisch-dynamischen, thermischen, chemischen Schlaftheorien eine elektrische hinzufügt, würde der Vergessenheit zu überliefern sein, wenn sie nicht durch reiche Literaturangaben für die Geschichte der Physiologie des Schlafes einigen Werth hätte.

[2] A. v. Humboldt, Ueber die gereizte Muskel- und Nervenfaser 1797. 1. Bd. S. 293, 298.

[3] Einige von diesen Versuchen sind erwähnt in der Arbeit von Albert Schmidt: Ueber die Dissociation des Sauerstoffhämoglobins im lebenden Organismus (Sammlung physiologischer Abhandlungen, herausgeg. von W. Preyer, 3. Heft 1876. Jena).

[4] Bei den früher von mir, dann von Heinzmann und Fratscher nach denselben Methoden ausgeführten Versuchen über langsame und continuirliche Nervenreizung (vgl. die Jenaische Zeitschrift für Naturwissenschaft 9. Bd.) wurden solche Versuche, die übrigens zu andern Zwecken in ähnlicher Weise auch von Andern angestellt wurden, wiederholt ausgeführt.

[5] Roelen in seiner Inauguraldissertation *De somno*, Bonn 1849. Durham kannte offenbar 1860 diese Versuche nicht.

[6] Aus dem von Valentin beobachteten Verhalten der Hirngefässe soll durchaus nicht etwa geschlossen werden, dass der Winterschlaf nur ein protrahirter normaler Schlaf sei. Im Gegentheil muss er schon deshalb als ein von diesem wesentlich verschiedener Zustand aufgefasst werden, weil die Reflexerregbarkeit enorm herabgesetzt ist und

die Temperatur des Blutes der der umgebenden Luft sich nähert.
Auch tritt der Winterschlaf ohne vorherige ungewöhnlich gesteigerte
Anhäufung von Ermüdungsstoffen ein, wie der Sommerschlaf.

[7]) Captain Webb schlief unmittelbar nach Beendigung seiner berühmten Schwimmfahrt von England nach Frankreich fest ein. Man
braucht eine ungewöhnliche Muskelanstrengung nicht lange auszudehnen,
um — im gesunden Zustande — Schlaflust herbeizuführen. Ich habe z. B.
meinen Arm wenig über eine Viertelstunde (1000 Secunden lang) wage-
recht ausgestreckt gehalten, so dass die Muskelschmerzen im Oberarm
kaum noch zu ertragen waren, und verfiel bald darauf in Schlaf. Es
ist aber nothwendig, bei solcher abnorm gesteigerter Muskelermüdung
alle stärkeren Reize und jede geistige Anstrengung zu vermeiden,
wenn man Schläfrigkeit herbeiführen will.

[8]) Diese Meinung ist, wie mir erst nachträglich von Hrn. Dr. Hein-
rich Obersteiner, Arzt an der Héilanstalt zu Oberdöbling bei Wien, mit-
getheilt wird, schon Ende 1871 (in der Zeitschrift für Psychiatrie etc., Berlin,
29. Bd.) von ihm ausgesprochen oder angedeutet worden. Er schrieb
nämlich damals: »Der Schlaf ist Ruhe für das Gehirn, wie der Mangel
von Contractionen Ruhe für den Muskel ist; beide Zustände werden (oft
wenigstens) durch das Bedürfniss nach Ruhe, die Ermüdung, eingeleitet;
Mangel der nothwendigen Erholung, Ueberarbeitung ist für Gehirn und
Muskel ebenso verderblich, wie andererseits ein Uebermass jener Ruhe.
— Fragen wir also zuerst nach der Natur des Schlafbedürfnisses. Die
Ermüdung des Muskels hat ihren Grund in einer durch die angestrengte
Action erzeugten Uebersäurung (hauptsächlich durch die gebildete
Milchsäure). Nach den Versuchen von Funke tritt auch eine Säurung
des gereizten Nerven ein, und Heidenhain spricht vom Sauerwerden
der grauen Substanz; man hat daher alles Recht, anzunehmen, dass
auch im Gehirn durch seine Thätigkeit eine Säurung eintritt, welche
dadurch überhand nehmen kann, dass jene Säuren, welche bei dem
Oxydationsvorgange im Gehirn, der seine Ernährung oder seine Thätigkeit darstellt, als Endproducte auftreten, nicht vollständig durch das
Blut so schnell weggeschafft werden können, als sie sich entwickeln. Die
Anhäufung dieser Säuren — welcher Natur sie auch immer seien — be-
wirkt die Ermüdung des Gehirns, zu deren Hebung jene Ruhe des Schlafes
nothwendig ist.« Dieses Aperçu ist jedoch — ein Aperçu geblieben.

[9]) Im Centralblatt für die medicinischen Wissenschaften vom
7. August 1875. Zwei sinnentstellende Druckfehler sind zu berichtigen:
Zeile 6 ist zu lesen u n e r m ü d e t statt e r m ü d e t, und im 5. Absatz:
in grösseren Mengen m i t Zuckerwasser oder condensirte r Milch.

¹⁰) Dr. Lothar Meyer, Arzt der städtischen Siechenanstalt in Berlin, hat zuerst ausgedehntere Versuche mit Natriumlactat und Milchsäure angestellt und dieselben in Virchows Archiv (66. Bd. 1. Heft, S. 120) beschrieben. Er stellte u. a. fest, dass beim Menschen von subcutaner Injection abgesehen werden muss, womit übrigens auch von andern Aerzten an mich gelangte briefliche Mittheilungen übereinstimmen. Auch wenn keine Abscedirungen einträten, würde auf diesem Wege zu wenig Substanz in den Organismus gebracht. Das Hauptresultat, zu dem er gelangte, ist dieses, dass solche Kranke, die früher nur mit Morphium beruhigt werden konnten, nun theils ohne Morphium und mit viel Natriumlactat (30—60 Gramm täglich), theils mit weniger Morphium als früher und wenig Natriumlactat (10—15 Gramm) schlafen.

Dr. E. Mendel, dirigirender Arzt der Irrenanstalten zu Pankow, kommt in seiner Arbeit, Die Milchsäure als Schlafmittel (Deutsche medicinische Wochenschrift vom 29. April 1876, S. 193) zu dem Resultat, dass die Milchsäure bezw. Natriumlactat sich empfehle:

1) bei Agrypnien, wie sie im Verlauf von allgemein schwächenden Krankheitszuständen, häufig auch in der Reconvalescenz von schweren Erkrankungen, auftreten;

2) zur Beruhigung von Geisteskranken, besonders ängstlich erregter Formen;

3) zum Versuche der methodischen Anwendung zur Beseitigung gewisser psychischer Krankheiten, bei denen jedoch eine präcisere Stellung der Indication der Zukunft vorbehalten bleiben muss.

Die mit Natriumcarbonat neutralisirte Milchsäure wurde in diesen Fällen *per reetum* applicirt.

¹¹) N. Jerusalimsky, Ueber die hypnotische Wirkung der Milchsäure und des milchsauren Natrons (St. Petersburger medic. Wochenschrift Nr. 11, 1876). Die an Thieren angestellten Versuche waren weniger erfolgreich als die Behandlung von 22 Fällen von Schlaflosigkeit mit Milchsäure. Auch hier zeigte sich die Combination von Morphium in verminderter Dosis mit milchsaurem Natron sehr wirksam.

¹²) C. Laufenauer, Die Milchsäure als Schlafmittel (Pester medizinisch-chirurgische Presse vom 30. Juli 1876, S. 526—530). Bei 15 von 19 Kranken wirkte die Milchsäure vom Magen aus hypnotisch.

¹³) Die Beobachtungen der Herren von Böttcher, Bergmann, Biberbach werden in kürzester Frist veröffentlicht werden. Frühere Angaben über die therapeutische Verwendung der Lactate enthalten wahr-

scheinlich darum von der hypnotischen Wirkung nichts, weil viel zu
wenig Substanz einverleibt wurde. In der Schrift von J. E. Petrc-
quin: Ueber den therapeutischen Gebrauch der milchsauren Salze der
Alkalien in den functionellen Störungen des Verdauungsapparats (Paris,
Grimault 1864) wird von erstaunlich günstigen Wirkungen so geringer
Mengen gesprochen, dass sicherlich der Verfasser sich in einer Selbst-
täuschung befunden hat.

[14]) So Érler (Zur schlafmachenden Wirkung des *Natr. lactic.* im
Centralbl. d. med. Wissensch. 1876, S. 658), welcher einige Tobsüch-
tige ohne sonderlichen Erfolg mit Milchsäure behandelte und auf fünf
negative Fälle dieser Art gestützt, sich gegen die Anwendung derselben überhaupt ausspricht. Die von Senator (Berliner klin. Wochenschrift vom 17. Juli 1876, S. 427) beobachteten rheumatoiden Ge-
lenkschmerzen nach Milchsäure-Verabreichung sind viel zu selten constatirt worden, als dass man einen causalen Zusammenhang für sicher
anzusehen oder gar von der therapeutischen Verwendung der Lactate
abzusehen hätte.

[15]) Die allergrösste Sorgfalt muss auf die Reindarstellung der Milchsäure verwendet werden. Die gewöhnliche Methode, sie durch Zer-
legung des Zinklactates mittelst Schwefelwasserstoff zu gewinnen, ist
darum nicht empfehlenswerth, weil es sehr schwer ist, auf diesem
Wege ein vollkommen metallfreies Präparat zu erhalten. Dagegen
fand H. Landolt, dass milchsaures Cadmium sich leicht vollständig
durch Schwefelwasserstoff zerlegen lässt. Die wässerige Lösung der
Milchsäure wurde zuerst auf dem Wasserbade, dann im Exsiccator
concentrirt, bis sie constant das specifische Gewicht 1,2427 gab. Für
physiologische Zwecke ist jedoch eine solche Concentration unnöthig,
vielmehr kann die ursprüngliche verdünnte Flüssigkeit, deren Gehalt
an Milchsäure durch das specifische Gewicht oder den Brechungsexpo-
nenten sich leicht finden liesse, ohne Weiteres verwendet werden. Auch
dient dieses Filtrat ohne vorherige Concentrirung zur Darstellung des
milchsauren Natron, welches nur selten rein im Handel vorkommt,
namentlich keine gelbliche Farbe haben darf, sondern vollkommen
farblos sein muss. Auch muss es durchaus geruchlos sein. Man er-
hält es für physiologische Zwecke rein und zugleich dosirt, indem man
10 und 15 und 20 Grm. reinstes kohlensaures Natron in wenig warmem
Wasser löst und von der obigen Milchsäure so lang zugibt, bis keine
Kohlensäure mehr entweicht und das Gemisch gerade neutral oder
schwach sauer oder auch schwach alkalisch reagirt je nach Ge-
schmack. Der Patient, welcher sich wo möglich selbst diesen Schlaf-

trunk bereitet, kann auch allerlei Corrigentien hinzufügen, besonders Zucker.

Die Nothwendigkeit, nur die ganz reinen Präparate zu verwenden, wird schon dadurch einleuchten, dass äusserst geringe Beimengungen fetter Säuren, die leicht am Geruch kenntlich sind, Uebelkeit veranlassen; und es ist mir überhaupt wahrscheinlich, dass in denjenigen Fällen, wo nach Milchsäure oder Natriumlactat unangenehme Nebenwirkungen beobachtet wurden, diese zum Theil der Unreinheit des Präparates zugeschrieben werden müssen. Die Verdauungsstörungen z. B. fehlten in langen Beobachtungsreihen des Hrn. Bergmann in Jena, der reine Milchsäure erhielt, vollständig.

[16]) Die vereinzelten Beobachtungen von E. Mendel (a. a. O.) sprechen in der That sehr zu Gunsten dieser Auffassung.

[17]) Für einige noch vor Kurzem auf einen besonderen thierischen Hypnotismus oder gar thierischen Magnetismus bezogene merkwürdige Erscheinungen ist es jedoch bereits geglückt, eine plausible Erklärung zu finden (Vergl. das Centralbl. f. d. medic. Wissenschaft, 1873 Nr. 12: Ueber eine Wirkung der Angst bei Thieren) und in England hat Professor E. Ray Lankester in Oxford sich herbeigelassen, die Taschenspielerkünste des Spiritisten Slade öffentlich bloszustellen, so dass hoffentlich wenigstens Männer wie Wallace sich nicht ferner dupiren lassen werden.

Von demselben Verfasser ist erschienen:

Der Kampf um das Dasein. Ein populärer Vortrag. Bonn 1869.

Die fünf Sinne des Menschen. Ein Vortrag. Leipzig 1871.

Ueber die Erforschung des Lebens. Jena 1873.

Die Blutkrystalle. Untersuchungen. Mit 3 farbigen Tafeln. Jena 1871.

Das myophysische Gesetz. Ueber elektrische Muskelreizung. Jena 1874.

Die Blausäure physiologisch untersucht. Bonn 1868.

Ueber die Aufgabe der Naturwissenschaft. Ein Vortrag. Jena 1876.

Früher erschien:

W. Preyer und F. Zirkel: Reise nach Island im Sommer 1860. Mit Abbildungen, wissenschaftlichen Anhängen und einer Karte. Leipzig 1862.

Seit dem 1. Jan. 1876 erscheint bei H. Dufft in Jena:

Sammlung physiologischer Abhandlungen.

1. Heft. W. Preyer: Ueber die Grenzen der Tonwahrnehmung. 2 M.
2. Heft. R. Pott: Ueber die Stoffvertheilung in verschiedenen Culturpflanzen mit besonderer Rücksicht auf ihren Nährwerth. 1,5 M.
3. Heft. A. Schmidt: Ueber die Dissociation des Sauerstoffhämoglobins im lebenden Organismus. 1,2 M.
4. Heft. A. Classen: Zur Physiologie des Gesichtssinns. 1,5 M.
5. Heft. R. Wernicke: Zur Physiologie des embryonalen Herzens. 1 M.
6. Heft. H. Tollin: Die Entdeckung des Blutkreislaufs durch Michael Servet (1511—1553). 2,4 M.